Eigene Betrachtungen und Weisheiten herausragender Persönlichkeiten

Für Angelika
und Evangelos

und der fernen Geliebten

Impressum

© 2019 Wolfgang Link

Technische Umsetzung: David Zimmermann
Alle Rechte liegen beim Autor

Herstellung und Verlag: BoD – Books on Demand, Norderstedt

ISBN 978-3-7504-8452-8

Inhalt

EIGENE BETRACHTUNGEN

1.CARPE DIEM

Carpe diem – Pflücke den Tag heißt ein römisches Sprichwort.
Beim Erwachen denke ich darüber nach: Was wird mir der heutige Tag bringen? Welche Aufgaben kommen auf mich zu? Welche Möglichkeiten zu wachsen und zu reifen gibt es?

Ich beginne den Tag mit positiven Gedanken und nehme mir vor, auch Widerwärtigkeiten anzunehmen und in ihnen eine Gelegenheit zu sehen, auf dem geistigen Weg weiterzukommen. Ich möchte mich auch an scheinbar Kleinem, sei es über die Schöpfung oder einen Lächeln erfreuen.

Ich nehme mir vor, zuzuhören und achtsam zu sein, die richtigen Worte zu finden und gegebenenfalls Taten folgen zu lassen. Dafür gönne ich mir Zeiten der Stille, des Gebetes und der Meditation, in denen ich Gott begegnen möchte. Gemäß den Worten des Kirchenliedes möchte ich leben: „Hilf Herr meines Lebens, dass ich nicht vergebens hier auf Erden bin.‟

2. ICH SAGE JA

Ich sage ja zur Ehrfurcht vor dem Leben
Ich sage zur Schönheit der Schöpfung
Ich sage ja zu den Menschen meiner Umgebung
Ich sage ja zu meinen Stärken und Schwächen
Ich sage ja zu meinen Grenzen und körperlichen Schwächen
Ich sage ja zum demokratischen Rechtsstaat.
Ich sage ja dazu, dass Christus mich in seine Gemeinschaft berufen hat.
Ich sage ja zu den Werten der christlich-abendländischen Kultur
Ich sage ja zur Macht der Liebe.
Ich sage ja zur ehelichen Treue.
Ich sage ja zu allen Aufgaben, die meine Berufung mir zuordnet.
Ich sage ja zur Sündenvergebung.

Ich sage zum Glauben an ein ewiges Leben in Gottes Herrlichkeit, in der wir liebe Angehörige wiedersehen.

3. WAS MEIN LEBEN REICHER MACHT

Nachdem ich in früher Kindheit tödliche Bedrohung durch den Bombenkrieg, Hungersnot, Kälte Entbehrung und Hass der Sieger erlebt habe, empfinde ich den Frieden und die Freundschaft zwischen ehemals verfeindeten Völkern, aber auch das reichhaltige Nahrungsangebot als besonders wertvoll. Die behagliche Wohnung gibt mir das Gefühl der Geborgenheit und lässt schöne Erinnerungen an Menschen, die hier ein und ausgingen, wach werden.

Eine besondere Bereicherung ist die Erinnerung an Reisen in ferne Länder mit der Begegnung von fremden Kulturen und einem anderen Lebensstil.

Aufenthalte in Naturlandschaften lassen mich etwas von der Erhabenheit der Schöpfung erleben, ebenso das Wachsen und Reifen in meinem Dachgarten.

Bereichernd sind die Erinnerungen an die Wärme und Geborgenheit, die mir meine Eltern und Großeltern gerade auch in Zeiten großer Not (während der Kriegs- und Nachkriegszeit) sowie die Erinnerung an liebe Verstorbene, insbesondere an meine ferne Geliebte - meine vor zwei Jahren verstorbene Ehefrau.

Ein großes Geschenk ist auch die Treue von mir nahestehenden Personen in Familie, Freundeskreis und dem früheren Berufsleben sowie der Franziskanischen Gemeinschaft.

Gute Musik hören, selbst ausüben und andere daran teilnehmen zu lassen sind Momente großen Glücksgefühls. Dies erlebe ich auch als aktives Mitglied im Kirchenchor bei der Mitgestaltung von Gottesdiensten an den kirchlichen Hochfesten.

In der Malerei empfinde ich viel Freude, insbesondere, wenn ich meine Fähigkeiten anderen im Unterricht weitergeben oder sie teilnehmen lassen konnte, sei es bei Ausstellungen, bei der Ausschmückung von Glasmalereien in Kapellen und Andachtsräumen sowie in von mir herausgegebenen Büchern.

Spät erkannte ich meine Neigung zu kreativem Schreiben. Dass meine Bücher gut ankamen, betrachte ich als ein Geschenk.

Den größten Reichtum sehe ich darin, dass Christus mir seine Gemeinschaft schenkt und mich zu einem Leben in Fülle berufen hat.

Bilanz meines Lebens: Ich bin gesegnet.

4. ACHTSAMKEIT

Achtsamkeit erstreckt sich auf alles, was uns umgibt:

achtsam umgehen mit den Ressourcen wie Energie, Rohstoffen. Insbesondere ist Achtsamkeit mit der belebten Natur gefordert: Jedes Lebewesen ist ein Geschöpf Gottes und hat genauso wie der Mensch ein Recht auf Leben. Vor allem höhere Lebewesen sind beseelt.

Verstärkt ist Achtsamkeit im Umgang mit dem Nächsten gefordert. Dies bedeutet Rücksichtnahme, Einfühlungsvermögen, Empathie, liebevolle Zuwendung. Voraussetzung ist, achtsam mit dem eigenen Leben umzugehen, keinen Raubbau mit dem eigenen Körper zu betreiben. Ich bin ein Wunderwerk aus Gottes Hand.

Paulus schreibt:

„Wisst ihr denn nicht, dass ihr ein Tempel des Heiligen Geistes seid?

5. FRIEDEN

Frieden beginnt im Herzen eines Menschen: Frieden durch Annahme seiner selbst als Voraussetzung für Frieden mit unseren Mitmenschen. Im Frieden zu sein ist ein Gottesgeschenk. Christus hat nach seiner Auferstehung mehrmals verheißen: „Der Friede sei mit euch!"

Der Frieden sei mit Euch

6. GEBET

Gebet heißt Sprechen mit Gott.

Gebet ist die Brücke zwischen Mensch und Gott.

Gebet ist Atemholen der Seele.

Gebet ist Licht in der Dunkelheit.

Im Gebet loben und preisen wir Gott.

Im Gebet danken wir, dass wir leben dürfen.

Im Gebet können wir für unsere Gesundheit und die Gaben danken, die Gott uns geschenkt hat.

Im Gebet finden wir den inneren Frieden.

Gebet kann unser Herz zum Positiven verändern, z. B. Milde, Güte, Gelassenheit, Barmherzigkeit, Ausgeglichenheit, Liebesfähigkeit.

Im Gebet können wir Versöhnung mit Gott, dem Nächsten und mit uns selber finden.

Gebet gibt Halt in Widerwärtigkeiten.

Im Gebet können wir Gemeinschaft mit den Verstorbenen erlangen.

Gebete sind wirkmächtig und können weltpolitische Ereignisse beeinflussen, z.B. die friedliche Revolution 1989 in der DDR.

7. GIPFELERLEBNIS

Der Anblick der Berge erhebt meine Seele und befreit mich von aller Enge. O Täler weit, o Höhen heißt es in einem Gedicht der Romantik.

Jesus stieg auf einen Berg, um zu beten. Mein Herz weitet sich beim Anblick der Höhen. Ich empfinde die Nähe Gottes. Beklemmende Gefühle lösen sich auf.

In der Bergkapelle erklingt ein Marienlied, passend zu der Stimmung, die uns umgibt.

Mein Gott, überaus groß bist Du! Dein Wesen ist unergründlich und unfassbar. Und doch bist Du uns in Christus nahegekommen. Danke für alles!

8. DAS SENFKORN

Das Gleichnis vom Senfkorn ist ein Bild für die Ausbreitung des Reiches Gottes. 12 Apostel bewirkten, dass die Frohbotschaft trotz brutaler Verfolgung in die ganze damals bekannte Welt getragen wurde und die Menschen veränderte. Sie bestimmte maßgeblich den weiteren Verlauf der Weltgeschichte. Sie hat große Theologen und Philosophen hervorgebracht.

Sakrale Bauten entstanden, Malerei und Bildhauerkunst wurden durch das Christentum inspiriert. Das Christentum ist die Wiege der abendländischen Kultur.

9. LIEBE ÜBER DEN TOD HINAUS

Wir erlebten viele Stunden tief empfundenen Glücks. Nie fiel ein böses Wort. Wir gaben uns viel Zuwendung, Herzenswärme, Geborgenheit – Liebe, eine Himmelsmacht, die wir uns schenkten. Liebe wirkt heilend und befähigt, ja zu anderen Menschen zu sagen.

Umso größer ist die Trauer nach dem Tode der Geliebten. Tröstlich ist der Gedanke: Ein lieber Verstorbener ist ein guter Schutzengel.

Liebe, die uns Christus gibt, ist die Brücke zwischen der diesseitigen und der jenseitigen Welt.

Dies drückte Alois Isidor Jeitteles in seinem Liederzyklus 'An die ferne Geliebte' in ergreifender Weise aus:

Auf dem Hügel sitz ich spähend
in das blaue Nebelland,
nach den fernen Triften sehend,
wo ich dich, Geliebte, fand.

Weit bin ich von dir geschieden,
trennend liegen Berg und Tal
zwischen uns und unserm Frieden,
unserm Glück und unsrer Qual.

Ach, den Blick kannst du nicht sehen,
der zu dir so glühend eilt,
und die Seufzer, sie verwehen
in dem Raume, der uns teilt.

Will denn nichts mehr zu dir dringen,
nichts der Liebe Bote sein?
Singen will ich, Lieder singen,
die dir klagen meine Pein!

Denn vor Liebesklang entweichet
jeder Raum und jede Zeit,
und ein liebend Herz erreichet,
was ein liebend Herz geweiht!

Dieses Gedicht widmete er dem Grafen von Lobkowitz nach dem Tode seiner geliebten Gemahlin Maria Karoline und setzte ihr damit ein Denkmal. Wenige Monate später folgte von Lobkowitz ihr in die Ewigkeit.

Sehr zu Herzen gehend ist auch das folgende Gedicht von August Heinrich Hoffmann von Fallersleben, dem Dichter der deutschen Nationalhymne:

Ja, du bist mein!
Ich will's dem blauen Himmel sagen,
ich will's der dunklen Nacht vertraun,
ich will's als frohe Botschaft tragen
auf Bergeshöhn durch Heid und Aun.
Die ganze Welt soll Zeuge sein:
Ja, du bist mein!
Und ewig mein!
Ja, du bist mein!

In meinem Herzen sollst du leben,
sollst haben, was sein Liebstes ist,
du sollst von Lieb' und Lust umgeben
ganz fühlen, dass du glücklich bist.
Schließ mich in deine Arme ein!
Ja, du bist mein!
Und ewig mein!

10. WUNDER

Kann man im eigenen Umfeld Wunder erleben?

Dass es Wunder, das heißt mit den Naturgesetzen und der Vernunft unerklärliche Vorgänge gibt, ist unbestritten. Man denke nur an die Wunderheilungen von Lourdes und anderen Wallfahrtsorten.

Wenn man aufmerksam den eigenen Lebensweg betrachtet, kann man mitunter Wunderbares entdecken - im Großen wie im Kleinen. Hierzu einige Beispiele aus meinem Umfeld:

Die Jahrhunderte alte Erbfeindschaft zwischen Deutschland und Frankreich habe ich in früher Kindheit am eigenen Leib erfahren. Wir wurden von den „Befreiern" bei 900 Kcal/ Person und Tag ausgehungert. Der französische Gouverneur wollte mich noch nicht einmal auf Einladung von Verwandten nach Basel reisen lassen. Hunger, Trümmer, Kälte, Hass gehörten zum Alltag. Dagegen bleibt mir ewig in guter Erinnerung eine Begegnung mit einer Französin. Diese bot mir Kekse aus ihrem Korb an, soviel ich wollte.

Der deutsch – französische Schüleraustausch trug wesentlich dazu bei, die alte Feindschaft zu überwinden. Beeindruckend ist auch die Freundschaft zwischen dem ersten Kanzler der Bundesrepublik Deutschland, Dr. Konrad Adenauer und General de Gaulle: de Gaulle lud Adenauer in sein Privathaus ein, eine Ehre, die keinem anderen Staatsmann zuteil wurde.

De Gaulle begann auf dem Balkon des Bonner Rathauses eine Ansprache zu den Deutschen auf Deutsch: „Deutsche, ihr seid ein großartiges Volk..."

Grenzt dies alles nicht an ein Wunder nach soviel Leid, dass sich die beiden Völker in der Vergangenheit angetan hatten?

Vergleichbares erlebte ich auf einer Reise August 1968 auf einer Durchreise durch Polen in Zeiten des Kalten Krieges zwischen Ost und West: Trotz der unsäglichen Verbrechen, die von Deutschen an Polen begangen wurden, erlebten wir viel Herzlichkeit und Gastfreundschaft. Dies hatte ich nicht erwartet angesichts der noch nicht verheilten Wunden. Es war überwältigend.

Vom Maximilian-Kolbe-Werk Freiburg wurden ehemalige polnische KZ – Häftlinge nach Deutschland eingeladen. Es zeugte von menschlicher Größe, in ein Land zu reisen, das die Betroffenen nur von ihrer Inhaftierung im KZ kannten. Auch ich lud drei ehemalige KZ – Häftlinge ein. Nach anfänglicher Zurückhaltung war es eine Begegnung von Mensch zu Mensch. Beim Abschied umarmten wir uns. Meine Gäste bestanden auf einem Gegenbesuch und stritten sich, bei wem ich wohnen solle. Daher reiste ich zwei Mal in ihre Heimatstadt Poznan. Telesfor, Dirigent des Städtischen Orchesters, hatte die besondere Gabe, schnell mit Menschen auf der Straße in Kontakt zu kommen. Er dolmetschte mir alle Gespräche. Keiner der Passanten verlor ein böses Wort über die Deutschen. Ich war überall willkommen.

Als Spätfolge des Bombenkrieges, die ich als Kleinkind in 0meiner Heimatstadt Freiburg erlebte, litt ich im Alter unter schweren Depressionen. (Jeder, der dieses Inferno in jungen Jahren erduldet hatte, ist davon betroffen.) Fachärzte behaupten, diese Krankheit sei unheilbar und könne nur durch Einnahme von Psychopharmaka gelindert werden. Ich ging einen anderen Weg: Mit den Franziskanerinnen des Klosters Gengenbach unternahm ich eine Wallfahrt nach La Verna, Mittelitalien. Dort hatte der heilige Franziskus eine Einsiedelei. An dem Tisch, an dem Franziskus mit Jesus gesprochen hatte und in der Stigmata-Kapelle, wo der Heilige die Wundmale des Gekreuzigten empfangen hatte, betete ich intensiv um Heilung. Seit nunmehr 11 Jahren sind die Depressionen verschwunden und nie mehr zurückgekehrt.

TEIL 2: WEISHEITEN HERAUSRAGENDER PERSÖNLICHKEITEN

VORBEMERKUNG

Sterne am Firmament geben eine Ahnung von der Weite und Größe der Schöpfung. Sterne am Firmament – das sind auch Menschen, die uns etwas von der Erhabenheit des Göttlichen vermittelt haben. Hier seien die Aussprüche einiger Geistesgrößen, stellvertretend für viele, vorgestellt.

1. ZITATE ZUM ADVENT

1. Advent ist eine Zeit der Erschütterung, in der der Mensch wach werden soll zu sich selbst.

Alfred Delp

Die hoffnungsvolle Erwartungshaltung der Adventszeit sollte man sich das Jahr über bewahren.

Gudrun Kropp

Advent und Weihnachten ist wie ein Schlüsselloch, durch das auf unserem dunklen Erdenweg ein Schein aus der Heimat fällt.

Friedrich von Bodelschwingh

Immer ein Lichtlein mehr im Kranz,
den wir gewunden, dass er leuchte uns so sehr
durch die dunklen Stunden.
Zwei, drei und dann vier!
Rund um den Kranz, welch ein Schimmer,
und so leuchten auch wir,
und so leuchtet das Zimmer
und so leuchtet die Welt
langsam der Weihnacht entgegen.
Und der in Händen sie hält,
weiß um den Segen.

Matthias Claudius

Haus La Verna, Gengenbach

2. WEIHNACHTEN

Weihnachten – die schöne Zeit -
Glocken klingen weit und breit.
Kerzenlicht in jedem Heim -
Frieden soll auf Erden sein.

Volksweisheit / Volksgut

Welch Geheimnis
Welch Geheimnis ist ein Kind!
Gott ist auch ein Kind gewesen.
Weil wir Kinder Gottes sind,
kam ein Kind, uns zu erlösen.
Welch Geheimnis ist ein Kind!
Ist den Kindern überall
durch das Jesuskind verbunden.

Clemens Brentano

Weihe der Nacht
Nächtliche Stille!
Heilige Fülle,
wie von göttlichem Segen schwer,
säuselt aus ewiger Ferne daher,
was da lebte,
was aus engem Kreise
auf ins Weitste strebte,sanft und leise
sank es in sich selbst zurück
und quillt auf in unbewusstem Glück.
Und von allen Sternen nieder
strömt ein wunderbarer Segen,
dass die müden Kräfte wieder
sich in neuer Frische regen.
Und aus seinen Finsternissen

tritt der Herr, so weit er kann,
und die Fäden, die zerrissen,
knüpft er alle wieder an.

Friedrich Hebbel

Weitere Weihnachtsgedichte in 'Es kam die gnadenvolle Nacht' ISBN 978-3-7494-4382-6

3. OSTERN

Im Lichte der Ostersonne bekommen die Geheimnisse der Erde ein anderes Licht.

Friedrich von Bodelschwingh

Halleluja! Es ist Ostern.
Lasst uns mit Freunden einander umarmen!
Es ist Ostern, die Erlösung von Schmerz und Tod.
Es ist der Tag der Auferstehung.
Lasst uns, ihr Brüder,
 Brüder auch zu denen sagen, die uns hassen!
Verzeihen wir alles um der Auferstehung willen!

Lateinisches Sprichwort

Ostern
1. Ja der Winter ging zur Neige,
holder Frühling kommt herbei,
lieblich schwanken Birkenzweige
und es glänzt das rote Ei.

2. Schimmernd weh'n die Kirchenfahnen
bei der Glocken Feierklang,
und auf oft betret'nen Bahnen
nimmt der Umzug seinen Gang.

Gemeindehaus Ohlsbach

3. Nach dem dumpfen Grabchorale
tönt das Auferstehungslied,
und hervor im Himmelsstrahle
schwebt er, der am Kreuz verschied.

4. So zum Schönsten der Symbole
wird das frohe Osterfest,
dass der Mensch sich Glauben hole,
wo ihn Mut und Kraft verlässt.

5. Jedes Herz, das Leid getroffen,
fühlt von Anfang sich durchweht,
dass sein Sehnen und sein Hoffen
immer wieder aufersteht.

4. PFINGSTEN

Der Pfingsttag kennt keinen Abend, denn seine Sonne, die Liebe, geht nie unter

Theodor Fontane

1. Pfingsten, ich suche dich,
du Fest der Freude
wo neues Leben durch Not und Tod
Alten und Jungen
mit Feuerzungen
weltoffenbar wird.

2. Pfingsten, dich suchen wir;
du Fest des Sieges,
wo Wahrheitsschwingen
ob Lug und Trug die Luft erfüllen,
Falschheit enthüllen,
Völker durchbrausend.

3. Pfingsten, ich suche dich
du Fest der Geistkraft, wo sturmgeläutert
von Neid und Streit
sich Menschenmächte
fürs edel Rechte strömend vermählen.

4. Pfingsten, dich suchen wir;
Fest der Gemeinschaft,
wo gleich durch Wunden
zu Rat und Tat
sich frei verbunden
höchste Geringsten
Komm, o Pfingsten!

5. GEMEINWESEN

Eine Regierung ohne Gott ist im besten Falle eine gut organisierte Räuberbande.

Augustinus

Was mich aber am meisten aufrichtet und guten Mutes erhält, ist, dass ich ein ehrlicher Teutscher bin.

W. A Mozart

Ungerechtigkeit an irgendeinem Ort bedroht die Gerechtigkeit an jedem anderen.
Ich möchte den Weißen als Bruder, nicht als Schwager.
Der alte Grundsatz: "Auge um Auge" macht schließlich alle blind

Martin Luther – King

6. SCHÖPFUNG, TIERSCHUTZ

Die Größe und den moralischen Fortschritt einer Nation kann man daran messen, wie sie ihre Tiere behandelt.

Gandhi

Jede Waffe, die wir gegen Tiere anwenden, sollte uns mit Scham erfüllen.

Reinhold Schneider

Es werden mehrere Jahrtausende von Liebe nötig sein, um den Tieren ihr durch uns zugefügtes Leid heimzuzahlen.

Franziskus

Alle Geschöpfe der Erde fühlen wie wir.
Alle Geschöpfe der Erde streben nach Glück wie wir.
Alle Geschöpfe der Erde lieben, leiden, sterben wie wir.
Also sind sie uns gleich gestellte Werke des allmächtigen Schöpfers- unsere Geschwister.

Franziskus

7. VERGEBUNG

Wie überwinden wir das Böse? Indem wir es vergeben ohne Ende. Wie geschieht das? Indem wir den Feind sehen als den, der er in Wahrheit ist, als den, für den Christus starb, den Christus liebt.

Dietrich Bonhoeffer

„Wo Versöhnung Platz greift, wo Menschen die trennenden Mauern der Feindschaft abbrechen, die sie von ihren Brüdern trennen, da vollendet Christus sein Amt der Versöhnung."

Martin Luther-King bei seinem Besuch in Berlin 1964

8. GNADE, BARMHERZIGKEIT

Das Gesetz fordert, die Strafe nimmt, die Gnade gibt.
Wo die Barmherzigkeit und Klugheit ist, da ist nicht Verschwendung noch Täuschung.

Franziskus

9. FREUDE, FRÖHLICHKEIT

Die Seele nährt sich von dem, worüber sie sich freut

Augustinus

Das sicherste Mittel gegen die Fallen des Bösen ist die Fröhlichkeit des Herzens.
Der Weg zu Gott kann niemals am Menschen vorbeiführen.
Bemüht euch, immer Freude zu haben, denn es steht dem Diener Gottes nicht gut an, vor seinem Bruder oder einem anderen Traurigkeit oder ein besorgtes Gesicht zu
Wo die Armut mit der Fröhlichkeit verbunden ist, da herrscht weder Begierde noch Habsucht.

Franziskus

Fröhlich soll mein Herze springen
dieser Zeit, da vor Freud'
alle Engel singen.

Paul Gerhardt

Wir Endlichen mit dem unendlichen Geist sind nur zu Leiden und Freuden geboren, und beinahe könnte man sagen, die Ausgezeichnetsten erhalten durch Leiden Freude.

Ludwig van Beethoven

Freude ist ein Zeichen, dass man dem Lichte nahe ist.

Edith Stein

10. WAHRHEIT

Keiner von uns sage, er habe die Wahrheit schon gefunden. Lasst sie uns vielmehr so suchen, als ob sie uns beiden unbekannt sei.

Augustinus

Der Verstand schafft die Wahrheit nicht, er findet sie vor.

Augustinus

11. FRIEDEN

Du hast uns zu dir hin erschaffen, und unruhig ist unser Herz, bis es ruht, o Gott in dir.

Augustinus

Wo es Frieden und Meditation gibt, da herrscht weder Sorge noch Zweifel.

Franziskus

Wenn du Frieden schließen willst mit deinem Feind, dann arbeite mit ihm.
Dann wird er dein Partner.

Mahathma Gandhi

Der Friede der Welt muss in unserem Herzen, in unserem Hause den Ursprung nehmen.

Reinhold Schneider

Friede beginnt mit einem Lächeln

Mutter Theresa

12. KUNST

Wahre Kunst bleibt unvergänglich und der wahre Künstler hat inniges Vergnügen an großen Geistes-Produkten.
Jede echte Erzeugung der Kunst ist unabhängig, mächtiger als der Künstler selbst und kehrt durch die Erscheinung zum Göttlichen zurück und hängt nur darin mit dem Menschen zusammen, dass sie Zeugnis gibt von der Vermittlung des Göttlichen in ihm.

Es gehört Rhythmus des Geistes dazu, um Musik in ihrer Wesentlichkeit zu erfassen – sie gibt Ahnung, Inspiration himmlischer Wissenschaften, und was der Geist sinnlich von ihr empfindet, das ist die Verkörperung geistiger Erkenntnis.

Musik ist höhere Offenbarung als alle Weisheit und Philosophie.

Ludwig van Beethoven

13. LEIDENSCHAFT

Nur wer selbst brennt, kann Feuer in anderen entfachen.

Tugend ist, was man mit Leidenschaft tut, Laster ist, was man aus Leidenschaft tut.

Ein Mensch ohne Leidenschaft ist wie ein Steinbild ohne Leben. Keine große Tat geschah, deren Mutter sie nicht war.

Augustinus

Jeder kann über sich hinauswachsen und etwas erreichen, wenn er es mit Hingabe und Leidenschaft tut

Gandhi

14 DANKBARKEIT

Undankbarkeit beginnt mit dem Vergessen. Aus Vergessen folgt Gleichgültigkeit, aus der Gleichgültigkeit Unzufriedenheit, aus der Unzufriedenheit Verzweiflung, aus der Verzweiflung der Fluch.

In der Dankbarkeit gewinne ich das rechte Verhältnis zu meiner Vergangenheit. In ihr wird das Vergangene fruchtbar zur Gegenwart.

Dankbarkeit macht das Leben erst reich.

Dietrich Bonhoeffer

15. TOD UND AUFERSTEHUNG

Aus Gottes Hand empfing ich mein Leben. Unter Gottes Hand gestalte ich mein Leben. In Gottes Hand gebe ich mein Leben zurück.

Augustinus

Die Verstorbenen sind nicht abwesend, sie sind nur unsichtbar. Sie schauen mit ihren Augen voller Licht in unsere Augen voller Tränen

Augustinus

Ein Tag, der sagt dem andern,
mein Leben sei ein Wandern
zur großen Ewigkeit.O Ewigkeit so schöne
mein Herz an dich gewöhne,
mein Heim ist nicht von dieser Zeit.

Gerhard Tersteegen

Der Todestag ist der Geburtstag ewigen Lebens.

Verfasser unbekannt

Viel haben ist nicht reich. Der ist ein reicher Mann,
der alles, was er hat, ohn' Leid verlieren kann.

Angelus Silesius

Mensch, werde wesentlich, denn wenn die Welt vergeht,
so fällt der Zufall weg, das Wesen, das besteht.

Angelus Silesius

Für den Dahingeschiedenen bedeutet der Tod Frieden, die Gewissheit ewiger Glückseligkeit, unwandelbare Geborgenheit.

Charles de Foucauld

Der Tod ist die zugewandte Seite jenes Ganzen, dessen andere Seite Auferstehung heißt.

Romano Guardini

Es sollen andere einmal besser und glücklicher leben, weil wir gestorben sind.

Pater Alfred Delp

16. LICHT

Schon ein kleines Licht kann viel Dunkelheit erhellen.
Gegen die Nacht können wir nicht ankämpfen, aber wir können ein Licht anzünden.

Franziskus

Das Licht der Herrlichkeit strahlt mitten in der Nacht.
Wer kann es sehen? Der Augen hat und wacht.

Angelus Silesius

Du erleuchtest alles gar,
was da ist und kommt und war.
Voller Pracht wird die Nacht,
weil dein Glanz sie angelacht.

Angelus Silesius

Wie die zarten Blumen willig sich entfalten
und der Sonne stille halten
lass mich so still und froh
deine strahlen fassen
und dich wirken lassen.

Gerhard Tersteegen

1. Gott, du bist Licht und wohnst im Licht,
ach mach' mich licht und rein,
zu schauen, Herr, dein Angesicht
und dir vereint zu sein.

2. So lass mich wandeln, wo ich bin
vor deinem Angesicht;
mein Tun und Lassen, all mein Sinn
sei lauter, rein und licht.

3. Dein Auge leite meinen Gang,
dass ich nicht irre geh',
ach bleib mir nah mein Leben lang
bis ich dich ewig seh'.

Gerhard Tersteegen

4. Weil aber Jesus sich das Licht und alles andere die Finsternis nannte, darum hassten die Menschen dieses Licht und liebten ihre strahlende Finsternis.

Dietrich Bonhoeffer

17. LEBENSWEISHEITEN

Wer sich Schätze im Himmel sammelt, braucht den Dieb nicht zu fürchten, und wer nach dem großen Lohn sich ausstreckt, braucht über die vielfältigen Drangsale nicht zu klagen.
Den Garten des Paradieses betritt man nicht mit den Füßen,
sondern mit dem Herzen.

Bernhard von Claivaux

Reich ist, wer viel hat, reicher ist, wer wenig braucht, am reichsten ist, wer viel gibt.

Gerhard Tersteegen

Niemand ist frei, der nicht über sich selbst Herr ist.

Matthias Claudius

Neue Freuden, neue Schmerzen
Den Himmel zu erringen ist etwas Herrliches und Erhabenes, aber auch auf der lieben Erde ist es unvergleichlich schön. Darum lasst uns Menschen sein!
Die Kreuze im Leben des Menschen sind wie die Kreuze in der Musik: Sie erhöhen.
Empfehlt euren Kindern Tugend: Sie allein kann glücklich machen, nicht Geld.

Ludwig van Beethoven

Es gehört zu deiner Berufung, das Evangelium zu verkünden, nicht durch das Wort, sondern durch dein Leben.
Es gibt keinen Augenblick in unserem Leben, in dem wir
nicht einen neuen Weg einschlagen könnten.

Charles de Foucauld

Je froher dein Herz ist, desto heller leuchtet die Sonne.
Wer einen Menschen bessern will, muss ihn erst einmal respektieren.
Je länger man lebt, desto deutlicher sieht man, dass die einfachen Dinge, die wahrhaft größten sind.
Das ist der Gastfreundschaft tiefster Sinn, dass wir einander Rast geben auf dem Weg nach dem ewigen Zuhause.Der Mensch ist von Anfang an auf einen anderen entworfen, der ihn erst zu sich selber kommen lässt. Hier kommt das zutiefst personale, aber unbegreifliche Du ins Spiel.

Romano Guardini

Sei du selbst die Veränderung, die du dir wünschest für diese Welt.
Der Schwache kann nicht verzeihen. Verzeihen ist eine Eigenschaft des Starken.
Misstrauen ist ein Zeichen der Schwäche.
Bildung ist die mächtige Waffe, um die Welt zu verändern.
Das Größte, was man erreichen kann, ist nicht, nie zu straucheln, sondern jedes Mal wieder aufzustehen.

Was im Leben zählt ist nicht, dass wir gelebt haben, sondern wie wir das Leben von anderen verändert haben.

Gandhi

Das gute Beispiel ist nicht eine Möglichkeit, andere Menschen zu beeinflussen, es ist die einzige.
Was ein Mensch an Gutem in die Welt hinaus gibt, geht nicht verloren.

Albert Schweitzer

Je weiter das Gesichtsfeld, desto mehr Möglichkeiten (gibt es) zu gerechtem Verstehen.

Elsa Brändström

Wir wollen jeden Tag ein neues Leben beginnen!
Der Nächste ist nicht der, den ich mag. Er ist ein jeder, der mir nahekommt – ohne Ausnahme.
Je gesammelter ein Mensch im Innern seiner Seele lebt, umso stärker ist seine Ausstrahlung, die von ihm ausgeht und andere in seinen Bann zieht.

Edith Stein

Die Wahrheit ist das zuverlässigste Fundament des Glücks.

Maximilian Kolbe

Man muss das Unmögliche versuchen, um das Mögliche zu erreichen.
Man braucht vor niemand Angst zu haben. Wenn man jemanden fürchtet, dann kommt es daher, dass man diesem Jemand Macht über sich eingeräumt hat.
Leute mit Mut und Charakter sind den anderen Leuten sehr unheimlich.
Geduld ist das Schwerste und das Einzige, was zu lernen sich lohnt. Alle Natur, alles Wachstum, aller Friede, alles Gedeihen und Schöne in der Welt beruht beruht auf Geduld.

Hermann Hesse

Jedes Lächeln, das du aussendest, kehrt doppelt zurück.

Auch aus Steinen, die dir in den Weg gelegt werden, kannst du etwas Schönes bauen.

An allem Unfug, der passiert, sind nicht nur die schuld, die ihn tun, sondern auch die, die ihn nicht verhindern.

Irrtümer haben ihren Wert; jedoch nur hier und da. Nicht jeder, der nach Indien fährt, entdeckt Amerika.

Das Glück ist keine Dauerwurst, von der man täglich eine Scheibe herunterschneiden kann.

Wer Bücher schenkt, schenkt Wertpapiere.

Fantasie ist eine wunderbare Eigenschaft, aber man muss sie im Zaum halten.

Erich Kästner

Jeder neue Morgen ist ein neuer Anfang unseres Lebens. Jeder Tag ist ein abgeschlossenes Ganzes.

Es gibt zwei Möglichkeiten, einem Menschen, der von einer Last gedrückt wird, zu helfen. Entweder man nimmt ihm die ganze Last ab, so dass er künftig nichts mehr zu tragen hat. Oder man hilft ihm zu tragen.

Weisheit ist etwas Anderes als Wissen und Verstand und Lebenserfahrung. Weisheit ist das Geschenk, den Willen Gottes in den konkreten Aufgaben des Lebens zu erkennen.

Unrecht leiden schadet keinem Christen. Aber Unrecht tun schadet.

Dietrich Bonhoeffer

Das Leben geschieht in größeren Zusammenhängen, als sie der Mensch fügen und vorstellen kann.

Alfred Delp

Intelligenz und Charakter – das ist das Ziel wahrer Bildung.

Wir neigen dazu, Erfolg eher nach der Höhe unserer Gehälter oder nach der Größe unserer Autos zu bestimmen als nach dem Grade unserer Hilfsbereitschaft und dem Maß unserer Menschlichkeit.

Wir müssen lernen, entweder als Brüder miteinander zu leben oder als Narren unterzugehen.

Martin Luther-King

18 KLAGE

Ach, Herr, wie lange willst du mein
so ganz und gar vergessen?
 Wie lange soll ich traurig sein
 und mein Leid in mich fressen?

Ach lass dich doch erwecken,
wach auf, wach auf, du harte Welt
 eh als das harte Schrecken
dich schnell und plötzlich überfällt.

Paul Gerhardt

19. GLAUBE

Gott ist die Ruhe, und er beruhigt uns. Ihn anschauen heißt, selber ruhen.

Bernhard von Clairvaux

Die Tiefe der Menschenseele birgt unergründliche Kräfte, weil Gott selbst in ihr wohnt. Die heilige Schrift lesen heißt, von Christus Rat zu holen.
Soviel ein Mensch vor Gott ist, soviel ist er wirklich. Und mehr ist er nicht.

Franziskus

Erhebe dein Gemüte
zu deinem Gott und sprich:
Herr, deine Gnad' und Güte
bleibt dennoch ewiglich.

Was sind wir doch?
 Was haben wir auf dieser ganzen Erd',
das uns, o Vater, nicht von dir allein gegeben werd'?

Nun soll mir nicht mehr grauen vor allem,
was mir will entnehmen meinen Mut
zusamt dem edlen Gut,
so mir durch Jesus Christ aus Lieb' erworben ist.

Du Herr, weißt deine Zeit,
mir ziemt, nur stets bereit
und fertig dazustehen
und so hereinzugehen,
dass alle Stund und Tage
mein Herz ich zu dir trage.

Mach in mir seinem Geiste Raum,
dass ich dir werd' ein guter Baum,
und lass mich Wurzel treiben.

Sehet, was hat Gott gegeben:
seinen Sohn zum ew'gen Leben.
Dieser kann und will uns heben
aus dem Leid in Himmels Freud.

Gelobt seine deine Treue,
die alle Morgen neue
Lob sei den starken Händen,
die alles Herzleid wende.

Abend und Morgen sind seine Sorgen,
segnen und mehren, Unglück verwehren
sind seine Werke und Taten allein.

Alles vergehet,
Gott aber stehet
ohn' alles Wanken;
seine Gedanken,
 sein Wort und Wille
hat ewigen Grund.

Befiehl dem Herrn früh und spät
all deine Weg' und Sachen;
Er weiß zu geben Rat und Tat,
 kann alles richtig machen.

Ach ich bin viel zu wenig,
zu rühmen seinen Ruhm.
Der Herr allein ist König,
ich eine welke Blum';
jedoch will ich gehöre
gen Zion und sein Zelt,
ist's billig, dass ich mehre
sein Lob vor aller Welt.

Befiehl du deine Wege
und was das Herze kränkt
der allerbesten Pflege
des, der den Himmel lenkt!
Der Wolken, Luft und Winden
gibt Wege, Lauf und Bahn;
der wird auch Wege finden,
da dein Fuß gehen kann.

Da ich noch nicht geboren war,
da bist du mir geboren
und hast du mich zu eigen gar,

eh' ich dich kannt', erkoren.
Auf, auf gib deinem Schmerze
und Sorgen gute Nacht,
lass fahren, was das Herz
betrübt und traurig macht;
bist du doch nicht Regente,
der alles führen soll,
Gott sitzt im Regimente
und führet alles wohl.

Paul Gerhardt

Gott ist in der Mitte.
Alles schweige
und sich innigst vor ihm neige.
Wer ihn kennt,
wer ihn nennt,
schlag' die Augen nieder;
kommt, ergebt euch wieder.

Ich sah meine Sünden so erschreckend, wie ich sie nie gesehen. Aber im selben Augenblick sah ich mich abgewaschen im Blute des Sohnes Gottes, das für meine Schuld vergossen war.
Die Einsamkeit ist die Schule der Gottseligkeit.

Gerhard Tersteegen

Der Mensch ist für eine freie Existenz gemacht, und sein innerstes Wesen sehnt sich nach dem Vollkommenen, Ewigen und Unendlichen als seinem Ursprung und Ziel.

Matthias Claudius

Es ist, als ob jeder Baum auf dem Land zu mir spräche: Heilig, heilig!

Höheres gibt e nicht, als der Gottheit sich mehr als andere Menschen nähern, und von hier aus die Strahlen der Gottheit unter das Menschengeschlecht verbreiten.

Ludwig van Beethoven

Gott ist heute mit uns. Genügt das nicht?

Der gütige Gott, der uns führt, wie es ihm gefällt, hat die Dinge machtvoll und behutsam vorbereitet.

Die Schwachheit der menschlichen Möglichkeiten ist die Quelle der Kraft. Jesus ist der Meister des Unmöglichen!

Gott baut aus dem Nichts auf.

In manchen Situationen bedeutet Glaube: gehorchen, ohne zu verstehen.

Charles de Foucauld

Das ganze Leben besteht aus Gelegenheiten, Gott zu begegnen.

Die Anbetung ist von größter Wichtigkeit, nicht nur für das religiöse, sondern auch für das geistige Lebendes Menschen.

Die leisen Kräfte sind es, die das Leben tragen.

Ein Mensch kann sich nicht selbst erlösen. Die Erlösung ist Gottes Werk. Sie ist vollständig abgeschlossen. Der einzelne Mensch braucht sie nur noch anzunehmen.

Gott verlangt nicht, dass wir nie schwach werden, sondern dass wir mit gutem Willen stets wieder neu anfangen.

Immerfort empfange ich mich aus deiner Hand. Das ist meine Wahrheit und meine Freude. Immerfort blickt dein Auge mich an, und ich lebe aus deinem blick. Du mein Schöpfer und mein Heil, lehre mich n der Stille deiner Gegewart das Geheimnis zu verstehen, dass ich bin. Und dass ich bin durch dich und vor dir und durch dich.

Romano Guardini

Jeder von uns steht auf des Messers Schneide zwischen dem Nichts und der Fülle des göttlichen Lebens.

Nur Gott kann sich einem Menschen so schenken, dass er dessen ganzes Wesen erfüllt und dabei von sich selbst nichts verliert.

Was nicht in meinem Plan lag, das hat in Gottes Plan gelegen.

Mit dir selbst hab' Geduld – Gott hat sie auch.

Gott verlangt nichts von den Menschen, ohne ihnen zugleich die Kraft dafür zu geben.

Lass blind mich , Herr, die Wege gehen, die deine sind.

Ich weiß, dass ich jemanden in meiner Nähe habe, dem ich rückhaltlos vertrauen kann, und das ist etwas, was Ruhe und Kraft gibt.

Edith Stein

Er will ein Glück, das unbegrenzt ist in allem. So ein Glück ist nur Gott.

Herr Jesus Christus! Täglich und so auch heute dürfen wir in schwierigen Situationen auf dich als den Gekreuzigten schauen. Wir wollen neu von dir Gehorsam lernen und dir nachfolgen, ganz und sofort.

Wir dürfen uns nicht so sehr an Amt, Würde und Ort klammern. Wichtig ist, dass jeder sich bemüht, den Willen Gottes zu erfüllen.

Alles geht zu Ende, auch das Leiden wird enden. Der Weg zur Herrlichkeit ist ein Kreuzweg.

Maximilian Kolbe

Krank sein – das heißt im Advent leben.

Heimat ist ein geistiger Raum, in den wir mit jedem Jahr tiefer eindringen.

Das Recht ist unerschütterlich als die vom lebendigen Gott ausgehende Macht.

Der Glaube hat als alles durchdringende, einigende , steigernde Kraft die Geschichte des Abendlandes bewirkt, diesem seine Gestalt und seinen Inhalt gegeben.

Ich glaube, man versteht eine Kirche nur, wenn man in ihr kniet.

Reinhold Schneider

Wir hindern Gott, uns die großen geistlichen Gaben, die er für uns bereit hat, zu schenken, weil wir für die täglichen Gaben nicht danken.

Ich glaube, dass auch unsere Fehler und Irrtümer nicht vergeblich sind und dass es Gott nicht schwerer ist, mit ihnen fertig zu werden als mit unseren vermeintlichen Guttaten.

Gott sucht nicht den vollkommensten Menschen, um sich mit ihm zu verbinden, sondern er nimmt menschliches Wesen an, so wie es ist.

Die Stunde unseres Scheiterns ist die Stunde der unerhörten Nähe Gottes und gerade nicht der Ferne.

Das christliche Verhältnis zwischen dem Starken und dem Schwachen ist, dass der Starke zu dem Schwachen aufsehen und niemals herunterschauen soll.

Alles, was wir von Gott erwarten, erbitten dürfen, ist in Jesus Christus zu finden.

Ich glaube, dass Gott uns in jeder Notlage soviel Widerstandskraft geben will, wie wir brauchen. Aber er gibt sie nicht im Voraus, damit wir uns nicht auf uns selbst, sondern auf ihn verlassen.

Wir dürfen wissen, dass Gott weiß, was wir bedürfen, ehe wir darum bitten. Das gibt unserem Gebet fröhliche Gewissheit.

Der Segen Gottes ist die Inanspruchnahme des irdischen Lebens für Gott und enthält alle Verheißungen.

Wir schweigen am frühen Morgen, weil Gott das erste Wort haben soll, und wir schweigen vor dem Schlafengehen, weil Gott auch das letzte Wort gehört.

Dietrich Bonhoeffer

Lasst uns dem Leben trauen, weil wir es nicht allein zu leben haben, sondern Gott es mit uns lebt.

Alfred Delp

Hymnus
Wenn in bangen, trüben Stunden
unser Herz beinah verzagt,
wenn von Krankheit überwunden
Angst in unserm Innern nagt;
wir der Treugeliebten denken,

wie sie Gram und Kummer drückt,
Wolken unsern Blick beschränken,
die kein Hoffnungsstrahl durchblickt;

Oh, dann neigt sich Gott herüber,
seine Liebe kommt uns nah,
sehnen wir uns dann hinüber,
steht sein Engel vor uns da,
bringt den Kelch des frischen Lebens,
lispelt Mut und Trost uns zu,
uns wir beten nicht vergebens
auch für die Geliebten Ruh.

Novalis

O Herr, in deinem Arm bin ich sicher. Wenn du mich hältst, habe ich nichts zu fürchten. Ich weiß nichts von der Zukunft; aber ich vertraue auf dich.
Glücklich der Mensch, der seinen Nächsten trägt in seiner ganzen Gebrechlichkeit, wie er sich wünscht, von jenem getragen zu werden in seiner eigenen Schwäche.

Franziskus

20. HOFFNUNG

Dieses ist das ganze Verdienst des Menschen, dass er seine Hoffnung auf Gott setze.

Bernhard von Clairvaux

Ein Mensch mit gütigem, hoffenden Herzen fliegt, läuft und freut sich; er ist frei. Weil er geben kann, empfängt er; weil er hofft, liebt er.

Franziskus

Die Hoffnung nährt mich, sie nährt ja die halbe Welt, und ich habe sie mein Lebtag lang zur Nachbarin gehabt; was wäre sonst aus mir geworden?

Ludwig van Beethoven

Hoffnung sieht das Unsichtbare, fühlt das Unfassbare und erzielt das Unerklärbare.

Maximilian Kolbe

21. LIEBE

Die Wurzel alles Bösen ist der Mangel an Liebe zu sich selbst.

Thomas von Aquin

Gott ist Liebe. Und wer in der Liebe bleibt, der bleibt in Gott und Gott in ihm.

1. Johannes 4,16

In dem Maße, in dem die Liebe wächst, wächst auch deine Schönheit.
Liebe – und tu, was du willst!
Wir müssen unseren Nächsten lieben, entweder, weil er gut ist oder damit er gut werde.

Augustinus

Die Liebe wandelt die Seelen um und macht sie frei. Wir finden innere Ruhe bei denen, die wir lieben, und wir schaffen in uns einen ruhigen Ort für jene, die uns lieben.

Bernhard von Clairvaux

Glücklich der Mensch, der einen Nächsten trägt in seiner ganzen Gebrechlichkeit, wie er sich wünscht, von jenem getragen zu werden in seiner ganzen Schwäche.
Die Höflichkeit ist die Schwester der Liebe.
Nur in den Armen können wir Gott etwas schenken.
Selig der Mensch, der seinen Nächsten in seiner Unzulänglichkeit und Schwäche genauso erträgt, wie er von ihm ertragen werden möchte, wenn er in ganz ähnlicher Lage wäre.

Gelobt seist du mein Herr, durch die, die aus Liebe zu dir verzeihen und Krankheit und Qualen ertragen; selig, die diese dann in Frieden ertragen, denn sie werden durch dich, Allerhöchster, gekrönt.

Franziskus

Alles Ding währt seine Zeit,
Gottes Lieb' in Ewigkeit.

Paul Gerhardt

Mensch, was du liebst, in das wirst du verwandelt werden.
Liebe, dir ergeb' ich mich, dein zu bleiben ewiglich!

Angelus Silesius

Ich will meine Frau glücklich machen und nicht mein Glück durch sie machen.
Durch Zärtlichkeit und Schmeicheln,
Gefälligkeit und Scherzen
erobert man die Herzen
der guten Mädchen leicht.

W. A. Mozart

Liebe, und einzig die Liebe, ist in der Lage, ein glücklicheres Leben zu geben. Die Liebe fordert alles und ganz mit Recht, so ist es mir mit dir, dir mit mir.

Ich liebe dich, so wie du mich,
am Abend und am Morgen.
Noch war kein Tag, wo du und ich
nicht teilten unsere Sorgen.
Ist es nicht ein wahres Himmelsgebäude, unsere Liebe – aber auch so fest wie die Feste des Himmels!

Ludwig van Beethoven

Man kann den Menschen unendlich viel Gutes tun, ohne Worte, ohne Aufsehen.

Charles de Foucauld

Liebe ist die stärkste Macht der Welt, und doch ist sie die demütigste, die man sich vorstellen kann.

Gandhi

Darin besteht die Liebe: Dass sich zwei Einsame beschützen und berühren und miteinander reden.

Rainer Maria Rilke

Blumen sind die Liebesgedanken der Natur.

Bettina von Arnim

Viel Kälte ist unter den Menschen, weil wir nicht wagen, uns so herzlich zu geben, wie wir sind.

Albert Schweizer

Die größte Vergeudung unseres Lebens besteht in der Liebe, die nicht gegeben wurde.

Elsa Brändström

Das innerste Wesen der Liebe ist Hingabe. Gott, der Liebe ist, verschenkt sich an die Geschöpfe, die er zur Liebe erschaffen hat.

Edith Stein

Die Zeit ist kurz, um Beweise unserer Liebe zu geben, und wir leben nur einmal. Das Leben entflieht schnell. Nicht eine Sekunde kehrt zurück. Bemühen wir uns, möglichst viele Beweise der Liebe zu geben.
Zur Liebe kann man niemand zwingen, nur die Liebe selbst weckt Gegenliebe.

Maximilian Kolbe

Die Liebe verteidigt sich, indem sie sich opfert.
Dringlicher als im Maschinenzeitalter wurde wohl nie vom Menschen verlangt, dass er Mensch sei; dass er sein Herz lebendig erhalte und täglich und stündlich

seiner Seele gedenke. Er wird umso mehr Liebe aufbringen müssen, je kälter sein Arbeitsraum ist.

Wenn wir einen Menschen glücklicher und heiterer machen können, so sollten wir es in jedem Fall tun, mag er uns darum bitten oder nicht.

Die Welt zu durchschauen, sie zu verachten mag großer Denker Sache sein. Mir aber liegt einzig daran, die Welt lieben zu können, sie und mich und alle Wesen mit Liebe und Bewunderung und Ehrfurcht betrachten zu können.

Reinhold Schneider

Stille bedarf der Arbeit und der Übung. Sie bedarf des täglichen Mutes, sich Gottes Wort auszusetzen und von ihm richten zu lassen, bedarf der täglichen Frische, sich an Gottes Liebe zu freuen.

Wohltun geschieht an allen Dingen des täglichen Lebens.

Jesu Liebe, das ist die Liebe, die keinen Schmerz, kein Leiden scheut, wenn es dem anderen hilft.

Dietrich Bonhoeffer

Wenn durch einen Menschen ein wenig mehr Liebe, ein wenig mehr Licht in der Welt war, hat sein Leben einen Sinn gehabt.

Alfred Delp

Lasse nie zu, dass du jemandem begegnest, der nicht nach der Begegnung mit dir glücklicher ist.

Wir können keine großen Dinge vollbringen, nur kleine, aber die mit großer Liebe.

Die Frucht der Stille it das Gebet.

Die Frucht des Gebetes ist der Glaube.

Die Frucht des Glaubens ist die Liebe.die Frucht der Liebe ist das Dienen.

Mutter Theresa

Unsere Leidenskraft ist ebenso groß wie eure Macht, uns Leiden zuzufügen. Tut mit uns, was ihr wollt, wir werden euch trotzdem lieben. Werft uns ins

Gefängnis, wir werden euch trotzdem lieben. Werft Bomben in unsere Häuser, bedroht unsere Kinder, wir werden euch trotzdem lieben.

Hass lähmt das Leben; Liebe befreit es.

Hass verwirrt das Leben; Liebe bringt es ins Gleichgewicht.

Hass verdunkelt das Leben; Liebe erleuchtet es.

Die Liebe zu unseren Feinden ist der Schlüssel, mit dem sich die Probleme der Welt lösen lassen.

Martin Luther King

ANHANG: KURZBIOGRAPHIEN

Die Biographien sind alphabetisch geordnet.

BETTINA VON ARNIM (1785-1859)

deutsche Schriftstellerin, bedeutende Vertreterin der deutschen Romantik
Nach dem Tode ihres Mannes verstärkt sie ihr Engagement bei der Bekämpfung von Armut und Seuchen. Ihr Armenbuch fällt der preußischen Zensur zum Opfer, da sie sich sehr kritisch gegenüber dem Staat und dem von ihm verursachten sozialen Elend äußerte.

AUGUSTINUS (354-430)

Am 13. November 354 wird Augustinus in Tagaste, Numidien (die Region zählt heute zu Algerien) als Sohn der Christin Monica und des Stadtrates Patricius geboren. Augustinus beginnt in Karthago das Studium der Rhetorik. Dort schließt er sich dem Manichäismus an.

Der Manichäismus ist von dem persischen Weisen Mani gegründet.Sein wichtigster Aspekt: Teilung des Universums in die Reiche des Guten und des Bösen. Der Weg zur Erlösung führt über die Erkenntnis de Lichtreiches. Mit diesem Wissen kann die menschliche Seele die Begierden überwinden und ins Reich Gottes emporsteigen.

Seine Konkubine gebar ihm 385 einen Sohn, den er Adeodatus nennt (von Gott geschenkt). 383 nimmt Augustinus eine Lehrtätigkeit in Rom auf. In Mailand hört er bei Predigten des Bischofs Ambrosius über Jesus und das Christentum. Im August 386 hat er ein Bekehrungserlebnis. Er hört eine Kinderstimme: „Nimm und lies!" Er beginnt, die Paulusbriefe zu studieren. An Ostern 387 lässt er sich zusammen mit seinem Sohn und mit seinem Freund Alypius von Bischof Ambrosius taufen. 388 nach Numidien zurückgekehrt, beginnt er ein klösterliches Leben. 395 wird er Bischof von Hippo Regius. Am 28. August 430 stirbt Augustinus in Hippo Regius an Fieber bei der Belagerung durch die Vandalen.

Seine wichtigsten Werke sind:

De vera religione

De Doctrina christiana

Confessiones (Bekenntnisse, Autobiographie)

De Trinitate (15 Bücher umfassendes Hauptwerk)

De unico baptismo contra Petilianum (zentraler Gedanke: Einmaligkeit der Taufe)

De civitate Dei (Gottesstaat)

LUDWIG VAN BEETHOVEN (1770-1827)

geboren in Bonn als Sohn einer Musikerfamilie. Mit 17 Jahren reist er nach Wien, um bei Mozart zu studieren. Mozart erkannte Beethovens Genie: „Auf den wird die Welt noch hören."

Nach kurzem Aufenthalt kehrt er zu seiner todkranken Mutter nach Bonn zurück. Nach ihrem Tod kommt er auf Einladung von Joseph Haydn nach Wien zurück. Schnell gelangte er zu Ruhm. Man war bereit, für seine Kompositionen alles zu bezahlen, was er verlangte.

Gegen Ende des Jahrhunderts litt er an zunehmender Schwerhörigkeit, die ihn an den Rand des Selbstmords trieb. Mehr und mehr zog er sich von den Mitmenschen zurück. Ein mit ihm befreundeter Priester tröstete ihn mit den

Worten: „Du wirst Töne hören, die noch keiner gehört hat." In Wien gelangte er zu höchstem Ansehen.

In seiner Aussage: „Ich will dem Schicksal in den Rachen greifen." äußert sich seine Rebellion gegen alle Widrigkeiten des Lebens. Er gilt als Wegbereiter der Romantik. Sein Empfinden war auf Grund seiner völligen Taubheit stark verinnerlicht, ja Jenseits bezogen. „Menschen begreifen, dass hier Gott am Werk ist. Aus sich allein kann kein Mensch solch wunderbare Musik in dieser Fülle und Gewaltigkeit komponieren..." (Schwester Maria Anja Henkel in Deutschland Magazin Ausgabe 81/82-2019)

20000 Menschen gaben ihm das letzte Geleit.

FRIEDRICH VON BODELSCHWINGH (1831-1910)

war Pastor und ein deutscher Sozialreformer. Er machte 1872 die von ihm geleiteten und später nach ihm benannten „Bodelschwinghschen Anstalten" zum größten Hilfswerk der Inneren Mission.

DIETRICH BONHOEFFER (1906-1945)

Am 4. Februar 1906 als Sohn eines bedeutenden Psychiaters und Neurologen in Breslau geboren, studierte er 1923-1927 evangelische Theologie an den Universitäten Tübingen, Rom und Berlin. Nach einem Aufenthalt in den USA wirkt er als Studentenpfarrer in Berlin. Anschließend nimmt er eine Pastorenstelle an der deutschen evangelischen Gemeinde in London an. Schon kurz nach Hitlers Machtergreifung tritt er der Bekennenden Kirche bei. Bei einer weiteren Reise nach New York wird ihm eine Professur angeboten. Er lehnt ab, weil er „dem christlichen Volk in Deutschland beistehen will." 1940 erhält er Redeverbot. Er schließt sich dem Widerstand gegen Hitler an, wird wegen „Wehrkraftzersetzung" verhaftet und nach einem vorübergehenden Aufenthalt im KZ Buchenwald am 9. April 1945 im KZ Flossenburg hingerichtet.

Er war einer der ersten, der die Kirche in Deutschland aufforderte, ihre Stimme für die Juden zu erheben.

ELSA BRÄNDSTRÖM (1888-1948)

wurde als Tochter eines Diplomaten 1888 in St. Petersburg geboren. Sie besuchte von 1906-1908 das Lehrerinnenseminar in Stockholm. Mit 20 Jahren kehrte sie nach St. Petersburg zurück. 1914 meldete sie sich für einen Einsatz in der russischen Armee aus reiner Nächstenliebe als Krankenschwester. Sie blieb während des ganzen Krieges tätig und hatte mit 700000 Kriegsgefangenen Kontakt. Im ersten Weltkrieg rettete sie in sibirischen Gefangenenlagern Tausenden das Leben. Zu Recht wird sie als Engel von Sibirien bezeichnet.

In ihrem Buch 'Unter Kriegsgefangenen in Russland 1914-1920 schreibt sie: „Die Soldaten stöhnten vor Schmerzen, die Leihen stapelten sich...“

Doch sie kämpfte weiter. Die Temperaturen im sibirischen Gefangenenlager Novo Nikolajwesk waren weit unter dem Nullpunkt gefallen. In den Baracken roch es nach Krankheit, Tod. In einer Ecke stapelten sich die Körper derjenigen, die den Kampf ums Überleben bereits verloren hatten.

Sie schreibt weiter: „Tage vergingen, an denen es nicht einen Tropfen Wasser ab. Schwerkranke schleppten sich mit letzter Kraft hinaus, um ihren brennenden Durst mit Schnee zu löschen. ...“Die Sterblichkeit im Lager stieg, im April 1915 starben täglich 70-85 Mann.“ und wie schwer auch die äußeren Verhältnisse auf dem Einzelnen lasteten, ... so wurden diese Leiden doch oft weit von dem seelischen Druck übertroffen ...Eine nagende Unruhe, ein verzweifeltes Gefühl dr Leere, Missmut und Abscheu nahmen überhand. ... alles ging in Wahnsinn unter- wild und unbändig oder scheu und still.“

Elsa Brändström versorgte vor allem Deutsche und Österreicher. Sie pflegte Kranke in Fabriken und Gefängnissen, kümmerte sich um Todgeweihte in Scheunen, Kasernen und Baracken. Für sie war jeder Tote eine Niederlage.

Bei Ausbruch der russischen Oktoberrevolution 1917 geriet sie zwischen die Fronten der verfeindeten Bügerkriegsparteien. Nur mit Glück entging sie dabei der Erschießung.

1920 kehrte sie, als Heldin gefeiert, nach Schweden zurück.

CLEMENS BRENTANO (1778-1842)

wurde in Koblenz als Sohn eines Kaufmanns geboren. Er absolvierte eine kaufmännische Lehre, studierte Bergwissenschaften, Medizin und Philosophie. Ab 1804 arbeitete er an „Zeitungen für Einsiedler" und des „Knaben Wunderhorn" mit. Seine weiteren Wohnorte sind Berlin, Dülmen, Frankfurt, München und Aschaffenburg.

MATTHIAS CLAUDIUS (1740-1815)

ist ein deutscher Schriftsteller und Dichter, Journalist und Buchautor, bekannt durch seine Volkslieder und Gedichte. Er studierte Theologie in Jena, wechselte über zum Studium der Rechtswissenschaft.

ALFRED DELP (1907-1945)

wurde am 15. September 1907 als Sohn von gemischt-konfessionellen Eheleuten geboren. Nach einem Noviziat im Jesuitenorden studierte er 1928-19311 Philosophie, ab 1934 Theologie und empfängt 1937 die Priesterweihe. Zwischen 1939 und ihrem Verbot 1941 ist er Redakteur der angesehenen katholischen Zeitschrift 'Stimmen der Zeit'. Er arbeitet 1942/43 intensiv im Kreisauer Kreis mit und kann Grundlinien der katholischen Soziallehre in die Neuordnungspläne einfließen lassen. Er stellt Kontakte von einzelnen Münchner Widerstandskreisen zur Gruppe um Moltke her. Am 28. Juli 1944 wird er in München verhaftet; am 11. Januar 1945 vom Volksgerichtshof zum Tode verurteilt und am 2. Februar 1945 in Berlin – Plötzensee ermordet.

CHARLES DE FOUCAULD (1858-1916)

wurde am 15. September 1858 in Straßburg geboren. Als Jugendlicher entfernt er sich immer mehr vom christlichen Glauben und „man lebt, wie man eben lebt, wenn der letzte Funke des Glaubens erloschen ist."
Nach einer Erkundungsreise durch Marokko wird er in Paris von Abbé Huvelin bekehrt. Er bekennt: „Sobald ich glaubte, dass es einen Gott gibt, wurde mir klar, dass ich nichts anderes tun konnte als für ihn zu leben." Und: „Das

Geheimnis meines Lebens besteht darin, dass ich mein Herz an diesen Jesus, der vor 1900 Jahren gekreuzigt wurde, verloren habe und meine Tage nun damit zubringe, ihn nachzuahmen, soweit es meine Schwachheit zu lässt. "Er tritt zunächst den Trappisten bei und lebt in den Klöstern Notre Dame des Neiges in der Ardeche und in Akbès in Syrien. Am Vorabend seiner ewigen Gelübde verlässt er den Trappistenorden, weil ihm das dortige Leben nicht arm genug ist und geht nach Nazaret, um dort als Hausdiener im Kloster der Klarissen zu leben. Drei Jahre führt er in der Verborgenheit ein Leben des Gebets und der einfachen Arbeit.

Nach seiner Priesterweihe 1901 errichtet er in Béni Abbès, Algerien eine Einsiedelei. 1905 entscheidet er sich, unter den Tuareg zu leben, getrieben von dem Ruf, zu den Ärmsten der Armen zu gehen. Am 1. Dezember 1916 wird er von einer Bande bewaffneter Männer überfallen und von einem jungen Mann erschossen.

Am 13. November 2005 wird er im Petersdom in Rom seliggesprochen.

FRANZ VON ASSISI (1181 ODER 1182 –1226)

eigentlich Giovanni Bernardone
Als Sohn wohlhabender Eltern geboren (Sein Vater war Tuchhändler) besuchte er die Schule der Pfarrei St. Georgio. In der Jugend führte er ein ausschweifendes Leben. 1204 oder 1205 machte er sich zu einem Kriegszug nach Apulien auf, um für den Papst die Herrschaft gegen die Staufer wieder zu gewinnen. Unterwegs wurde er von Gott im Traum dazu aufgerufen, statt sich in den Dienst eines weltlichen Ritters in den Dienst Gottes zu stellen (Willst du dem Knecht oder dem Herrn dienen?) Nach der Überlieferung fragte ihn die Stimme:
Wer kann dir Besseres geben, der Herr oder der Knecht?
Franziskus: Der Herr!
Die Stimme: Warum dienst du dem Knecht statt dem Herrn?
Franziskus: Was willst du, das ich tun soll?
Der Herr: Kehre zurück in deine Heimat, denn ich will dein Gesicht in geistlicher Weise erfüllen.

Darauf zog sich Franziskus von seinem Freundeskreis zurück und suchte die Einsamkeit.

Beim Gebet in San Damiano sprach Christi Stimme zu Franziskus:

„Franziskus, geh und baue mein Haus wieder auf, das, wie du siehst, ganz und gar in Verfall gerät!"

Franziskus fasste diese Weisung zunächst wörtlich auf und stellte eigenhändig zwei Kirchen wieder her. Erst anschließend erkannte er, dass diese Weisung geistig zu verstehen sei.

In einer kleinen Kapelle, der Portiuncula, wo er häufig betete, hörte er eine Stelle des Matthäus-Evangeliums. Hier fordert Jesus seine Jünger zum völligen Verzicht von materiellem Besitz auf. Dies setzte er radikal in die Tat um: Leben nach dem Evangelium. Obwohl Franziskus zunächst keinen Orden gründen wollte, schlossen sich immer mehr Männer, zum Teil aus wohlhabendem Hause, ihm an.

Clara, eine begüterte Adlige, gründete die Gemeinschaft der Clarissen im Geiste des Franziskus.

1219 reiste Franziskus als Missionar nach Palästina mit dem Ziel, den Sultan zum Christentum zu bekehren, Frieden zu schaffen und wenn nötig, als Märtyrer zu sterben. Der Sultan war von Franziskus beeindruckt.

Seit dieser Reise verschlechterte sich der Gesundheitszustand von Franziskus zusehends. Unter anderem hatte er sich im Orient eine Augeninfektion zugezogen und war vermutlich durch sein Fasten magenkrank. Die letzten Jahre verbrachte er in einer Einsiedelei in La Verna. Er starb bei der Portiuncula-Kapelle.

Bereits 1228 wurde er von Papst Gregor IX heiliggesprochen. Seinen Gedenktag feiert die katholische Kirche am 4. Oktober, die evangelische Kirche am 4. Oktober. Er gilt als Schutzpatron Italiens, ferner der Tiere und des Naturschutzes.

MAHATHMA GANDHI (1869-1948)

war politischer und geistiger Führer der indischen Unabhängigkeitsbewegung gegen die englische Kolonialmacht. Als Anwalt in Südafrika setzte er sich für

die Rechte der eingewanderten Inder ein und entwickelte die Prinzipien des gewaltlosen Widerstandes, der Freiheit und der Wahrung der Menschenrechte, für des Festhaltens an der Wahrheit und der Selbstbestimmung. Für seinen Einsatz erhielt er insgesamt über 5 Jahre Gefängnis.
1948 wurde er von einem fanatischen Hindu erschossen.

PAUL GERHARDT (1607?-1676)

war evangelischer Theologe und einer der bedeutendsten deutschsprachigen Kirchenliederdichter im Barock. Er studierte in Wittenberg Theologie und Philosophie. Anschließend wirkte er als Hauslehrer und Pfarrer. Er verfasste zahlreiche Lieder, die im Gesangbuch von Johann Krüger erschienen. Dieses wird zum Weltkulturerbe gezählt. Fünf dieser Lieder sind im evangelischen und sieben im katholischen Gesangbuch enthalten.

ROMANO GUARDINI (1885-1965)

ist in Verona geboren, studierte Theologie und wurde 1910 zum Priester geweiht. Er war als Hochschullehrer an der Universität Breslau und Berlin tätig. 1935 wandte er ich in seiner Schrift 'Der Heiland ' gegen die von en nationalsozialistischen Deutschen Christen propagierte Mythisierung der Person Jesu und begründete die enge Verbundenheit von Christentum und jüdischer Religion mit der Historizität Jesu.
1945 lehrte er zunächst an der Universität Tübingen und zwischen 1948 bis zu seiner Emeritierung 1964 an der Universität München Religionsphilosophie.

FRIEDRICH HEBBEL (1813-1863)

Hebbel wächst in ärmlichen Verhältnissen auf. Er bildete sich autodidaktisch. Später studiert er in Heidelberg Rechtswissenschaften, anschließend in München Literatur und Philosophie.
Er ist Autor zahlreicher Gedichte und Dramen. Im Lauf seines Lebens macht er Bekanntschaft mit berühmten Persönlichkeiten wie Hans Christian Andersen, Heinrich Heine, Arnold Ruge, Franz Grillparzer und Arthur Schopenhauer.

KARL FRIEDRICH HENKEL (1848-1930)

war erfolgreicher Unternehmensgründer und hinterließ beachtliche Lebensweisheiten.

ERICH KÄSTNER (1899-1974)

war deutscher Schriftsteller, Publizist, Drehbuchautor und Kabarettdichter. Bereits in der Weimarer Republik verfasste er gesellschaftskritische und antimilitaristische Gedichte.

1933 lassen die Nationalsozialisten Bücher des regimekritischen Autors verbrennen. Er wird mehrmals verhaftet, aber immer wieder freigelassen.

Kästner gehört zu den bekanntesten deutschen Schriftstellern von Kinderbüchern. Seine bekanntesten Romane sind Emil und die Dedektive, Pünktchen und Anton, Das fliegende Klassenzimmer und die Konferenz der Tiere. Sie wurden in mehr als 100 Sprachen übersetzt.

MARTIN LUTHER - KING (1929-1968)

wurde als Sohn einer Lehrerin und eines Pastors in Atlanta, Georgia geboren. Nach einer Deutschlandreise des Vaters 1934 mit Besuch von Luthers Wirkungsstätten war er sehr beeindruckt von Luthers Werk. Deshalb benannte er sich und seinen Sohn um in Luther – King. Die Schwarzen erlebten in den Südstaaten die Rassentrennung. Trotzdem blieb seine Haltung den Weißen gegenüber gemäßigt und versöhnlich. Mit 17 Jahren wurde er Hilfsprediger seines Vaters. Ab 1944 studierte er am Morehouse College Soziologie und Theologie. Die Gewaltlosigkeit von Mahathma Gandhi beeindruckte ihn tief und prägte ihn für seinen weiteren Lebensweg. 1951 beendete er sein Studium und schrieb an der Boston University in Masseschusetts seine Doktorarbeit. Anschließend wurde er Pastor an der Dexter Avenue Baptist Church in Montgomery.

1955 erhielt er den Titel eines Doktors der Philosophie.

Erste Erfolge gegen die Rassentrennung hatte er nach einem Bus – Boykott in Montgomery. 1956 verbot der Oberste Gerichtshof jede Art von

Rassentrennung in den Bussen von Montgomery. King setzte sich für bessere Schulbildung und Lebensbedingungen für die Schwarzen ein.

Am 28. August 1963 erfolgte der Marsch auf Washington. 250000 Menschen, darunter 60000 Weiße demonstrierten friedlich, um die Bügerrechtsgesetzgebung von Präsident John F. Kennedy zu unterstützen.

1964 erhielt Martin Luther - King den Friedensnobelpreis. In seiner Rede „Die neue Richtung unseres Zeitalters" erklärte er den Kampf gegen Rassismus, Armut und gegen den Krieg als Hauptaufgaben. Die Menschen sollten in einem großen „Welthaus" miteinander leben. King wandte sich auch gegen den Vietnamkrieg.

Am 4. April 1968 wurde King auf dem Balkon seines Motels in Memphis vermutlich aus rassistischen Gründen erschossen.

Seit 1986 ist der dritte Montag im Januar in Erinnerung an Kings Geburtstag am 15. Januar Nationalfeiertag.

NELSON MANDELA (1918-2013)

Als erster schwarzer Präsident Südafrikas war er zuvor Widerstandskämpfer und verbrachte als politischer Gefangener wegen Aufrufs zum bewaffneten Widerstand 27 Jahre in Haft. Mandela setzte sich für ein besseres Verhältnis zwischen Schwarzen und Weißen ein. Neben Gandhi und Luther – King gilt er als Symbolfigur für Menschenrechte. 1993 erhielt er für seinen gesellschaftspolitischen Kampf um die Demokratisierung von Südafrika den Friedensnobelpreis.

WOLFGANG AMADEUS MOZART (1756-1791)

wurde am 27. Januar 1756 in Salzburg geboren. Mit drei Jahren begann er, Klavier zu spielen, mit vier Jahren Geige. Mit fünfeinhalb Jahren gab er sein erstes öffentliches Konzert. Ab dem sechsten Lebensjahr war die Familie fast ständig auf Reisen. Er spielte zusammen mit seiner um fünf Jahre älteren Schwester Nannerl an fast allen europäischen Fürstenhöfen. Zu den Zuhörern gehörte auch Goethe. Durch die Strapazen war der junge Mozart häufig krank.

1769 wurde er erzbischöflicher Hofkonzertmeister in Salzburg. In Bologna wurde er nach bestandener Aufnahmeprüfung in die Bologneser Academia de Filamonica aufgenommen und Anfang 1771 zum Ehrenkapellmeister ernannt. Nach kurzen Aufenthalten in mehreren italienischen Städten kehrte er und sein Vater nach Salzburg zurück. Anschließend unternahm er noch zwei weitere Italienreisen. Nachdem er aus Paris zurückgekehrt war, kündigte er wegen der vom Fürstbischof erlegten Einschränkungen seinen Dienst und wurde vom Oberkämmerer mit einem Fußtritt hinausbefördert.

Mozart zog nach Wien und heiratete dort Constanze Weber. Trotz hoher Honorare hatten die beiden ständig Schulden und lebten am Rande des Ruins. Trotzdem schrieb er in dieser Zeit seine schönsten Werke, zum Beispiel Don Giovanni und Die Zauberflöte. Ende November erkrankte er schwer und starb am 5. Dezember 1791.

Der erste Biograph Friedrich Schichtegroll schreibt über ihn: „...Sein Werk jedoch ist von vollkommener Schönheit. Er war einer der größten Komponisten, die gelebt haben. ..."

Weiter schreibt Isaiah Berlin über Mozart:

„Wenn die Engel für Gott spielen, so spielen sie Bach, füreinander spielen sie Mozart."

Leonard Bernstein urteilt: "Mozart ist der göttliche Mozart und wird es immer sein. Nicht nur ein Name, sondern ein himmlisches Genie, das auf diese Erde kam, dreißig und einige Jahre blieb, und als er die Welt verließ, war sie neu, bereichert und durch seinen Besuch gesegnet."

Vollends bemerkt Josef Krips: „Beethoven erreicht in manchen seiner Werke den Himmel, aber Mozart, der kommt von dort."

FERDINAND VON DER SAAR (1833-1906)

war ein österreichischer Schriftsteller, Dramatiker und Lyriker. Er wurde in Wien geboren und widmete sich nach einer Offizierslaufbahn der Schriftstellerei.

REINHOLD SCHNEIDER (1903-1958)

geboren am 13. Mai 1903 in Baden-Baden. Nach dem Abitur 1921 zog Schneider nach Dresden und Potsdam und wirkte dort als freier Schriftsteller. Nachdem er in Nazi-Deutschland Schreibverbot erhalten hatte, veröffentlichte er seine Schriften in Frankreich. 1945 wurde Schneider wegen seiner Schrift 'Das Gottesreich in der Zeit' wegen angeblichen Hochverrats angeklagt. 1946 verlieh ihm die Universität Freiburg die Ehrendoktorwürde. 1952 wurde Schneider in den Orden 'Pour le mérite' (Friedensklasse) aufgenommen und im selben Jahr auch in die bayrische Akademie der schönen Künste. 1956 erhielt er in der Frankfurter Paulskirche den Friedenspreis des deutschen Buchhandels.

ALBERT SCHWEITZER

wurde am 14. Januar 1875 in Kaysersberg /Elsass geboren. Nach dem Abitur 1893 studierte er an der Universität Straßburg Philosophie und Theologie. 1899 promovierte er, 1902 war er bereits habilitiert. Anschließend wurde er Vikar und Dozent für Theologie.
Seine Berufung, Medizin zu studieren, um später als Missionsarzt in Afrika tätig werden zu können, verwirklichte er zwischen 1905 und 1913. Nach seinem Studium setzte er seine Vision in die Tat um und ging nach Gabun, um dort ein Krankenhaus für Bedürftige zu bauen. Er errichtete 1913 aus eigenen Mitteln das Hospital Lambarene, unterstützt von seiner Ehefrau. Kurz nach Ausbruch des ersten Weltkrieges wurden er und seine Frau nach Frankreich überstellt. Sie konnten bis Kriegsende nicht mehr im Hospital Lambarene arbeiten. Erst 1924 gründete er nach seiner Rückkehr ein noch größeres Hospital.

ANGELUS SILESIUS

eigentlich Johannes Scheffler wurde am 25. Dezember 1624 in Breslau geboren.nach dem Besuch des Gymnasiums studierte er in Straßburg und Leyden Staatsrecht und Medizin. An der Universität Padua erhielt er den Doktor der Philosophie und Medizin. Er arbeitete als Arzt in Breslau. Dort konvertierte er zum Katholizismus. Sein väterliches Erbe verwendete er als Almosen und für fromme, wohltätige Stiftungen. 1661 erhielt er die Priesterweihe. Im letzten Lebensjahrzehnt betreute er als Arzt und Priester Arme und Kranke.

EDITH STEIN (1891-1942)

Sie ist deutsche Philosophin jüdischer Herkunft. Nach der Taufe 1922 wurde sie Ordensfrau. 1942 wurde sie von den Nazis in Auschwitz ermordet.

GERHARD TERSTEEGEN (1697-1769)

war deutscher Laienprediger, Schriftsteller und Kirchenliederdichter. Als Mystiker des Pietismus wirkte er am Niederrhein.
Seine bekanntesten Kirchenlieder sind:
Gott ist gegenwärtig. Lasset uns anbeten.
Gott rufet noch. Sollt ihr nicht endlich hören?
Ich bete an die Macht der Liebe
Gott, du bist Licht und wohnst im Licht

MUTTER THERESA (1910-1997)

Missionarin der Nächstenliebe Sie wuchs in einer wohlhabenden katholischen albanischen Familie auf und wurde von ihren Eltern sehr religiös erzogen. Sie trat dem irischen Loreto-Orden bei, der in Indien missionierte. Mit 18 Jahren wurde sie an die St. Mary's High school geschickt. Dort unterrichtete sie jahrelang und übernahm die Leitung. In selbstloser Hingabe wirkte sie in den Slums von Kalkutta, in Leprastationen und Heimen für Tbc- und Aidskranke, betreute verlassene Kinder und Sterbende, um die sich niemand kümmerte. 1979 erhielt sie den Friedensnobelpreis.

Vom gleichen Autor erschienen bei Books on Demand:

	ISBN
Die goldene Rose (2001)	3/8311/1977/5
Nie wieder Krieg (2003) Not und Elend von Krieg und Nachkriegszeit aus der Sicht von Zivilpersonen	3-8334-o437X
Stille Helden (2005)	3-8334-2296-3
Schulanekdoten (2005) Heiteres und Nachdenkliches	38334-2835-X
Täglich ereignet sich Weihnachten Ein Lesebuch fürs ganze Jahr (2014)	978-3-7386-6450-3
Lebensretter (2015) Geschichten, die zu Herzen gehen	978-3-7386-6450-8
Die blaue Blume (2015) Gemälde mit klassischen und romantischen Gedichten	978-3-7386-6010-4
Es kam die gnadenvolle Nacht Perlen unbekannter Weihnachts- lieder (2019)	978-7494-4382-6